# KALEVALA

*A Defesa de Sampo*, por Akseli Gallen-Kallela, 1895.

Elias Lönnrot

# KALEVALA

## *Poema Primeiro*

TRADUÇÃO E COMENTÁRIOS

José Bizerril e Álvaro Faleiros

*edição bilíngue*

Æ
Ateliê Editorial

1ª edição, 2009
2ª edição, 2015

Dados Internacionais de Catalogação na Publicação (CIP)
(Câmara Brasileira do Livro, SP, Brasil)

---

Lönnrot, Elias, 1802-1884.
Kalevala: poema primeiro / Elias Lönnrot; tradução e comentários José Bizerril e Álvaro Faleiros. – São Paulo: Ateliê Editorial, 2009.

ISBN 978-85-7480-714-0
Título original: Kalevala.
Edição bilíngue.
Bibliografia.

1. Poesia épica 2. Poesia finlandesa I. Título.

09-01672 CDD-894.541

---

Índices para catálogo sistemático:
1. Poesia épica: Literatura finlandesa 894.541


Ateliê Editorial
Estrada da Aldeia de Carapicuíba, 897
06709-300 – Cotia – SP
Telefax (11) 4612-9666
www.atelie.com.br
contato@atelie.com.br

Printed in Brazil 2015
Foi feito depósito legal

# Sumário

# Prefácio

RAISA OJALA*

A epopeia *Kalevala* não é – para os finlandeses – apenas um livro. Os poemas tradicionais milenares, coletados por Elias Lönnrot (1802-1884), fundaram a base do sentimento de uma identidade nacional na época da sua primeira publicação em 1835. A importância de *Kalevala* se dá pelo fato de ter sido uma obra toda em língua finlandesa numa época em que o país pertencia à Rússia como um Grão-Ducado autônomo. Além de ter despertado um sentimento nacional unificador entre os finlandeses, as múltiplas traduções de *Kalevala* fizeram o pequeno país Finlândia conhecido de outros povos. Até hoje, no entanto, não temos *Kalevala* publicada em língua portuguesa. Por esta razão, a tradução para o português do "Poema Primeiro" é muito bem-vinda. Ela traz aos leitores do mundo lusófono canções que têm grande significado para o povo finlandês.

* Doutoranda em sociologia pela Universidade de Brasília. Graduou-se em filologia portuguesa pela Universidade de Helsinki.

*Kalevala* consiste de cinquenta poemas que Elias Lönnrot reuniu em uma única narrativa épica. O "Poema Primeiro" conta a criação do mundo e o nascimento do herói Väinämöinen. Em seguida, narram-se sobre as aventuras dele e de outros dois – Lemminkäinen e Ilmarinen – na Terra do Norte. Lá os três cortejam a filha de Louhi, que se casa com Ilmarinen. As últimas 25 canções versam sobre as hostilidades entre os heróis de *Kalevala* e os habitantes da Terra do Norte. Elas contam também a trágica história de Kullervo. Relata ainda a viagem de Väinämöinen e seus companheiros para a Terra do Norte para recuperar Sampo, um engenho mágico. *Kalevala* termina com a partida de Väinämöinen e o batizado de um novo rei.

A linguagem de *Kalevala* é colorida e a descrição das personagens cuidadosa. Porém, como estima-se que muitos dos poemas datem de mais de dois mil anos, a narrativa contém expressões ancestrais que se distanciam do finlandês contemporâneo. É um desafio para o tradutor. Outra questão que exige solução dos tradutores é a métrica de *Kalevala*. Ela é constituída de versos de oito sílabas que não rimam. Os tradutores deste "Poema Primeiro" optaram por uma métrica típica de poesia épica brasileira o que soa bem para um leitor da língua portuguesa. O que, no entanto, transmite a assonância de *Kalevala* finlandesa é o emprego da aliteração que os tradutores utilizaram com sucesso.

O projeto de traduzir *Kalevala* certamente é moroso pelo fato de a linguagem nem sempre ser de fácil compreensão. Mas vale a pena. *Kalevala* – apesar de antiga – traz para os leitores contemporâneos ensinamentos que não têm limitações temporais. Entre outros, ele demonstra como muitas das batalhas são travadas com palavras, não com espadas. Uma lição importante num momento em que as questões relativas à ética e à violência se tornaram, em muitos países, desafiadoras.

Fico satisfeita que seja publicado no Brasil o "Poema Primeiro" por dois tradutores tão bem qualificados como José Bizerril e Álvaro Faleiros. Poeta e Doutor em Antropologia pela Universidade de Brasília, José Bizerril desenvolveu pesquisa sobre o épico finlandês e sobre as relações entre tradição oral e literatura durante seu mestrado em antropologia. Álvaro Faleiros, além de poeta e tradutor, é professor de literatura francesa na Universidade de São Paulo e especialista em tradução poética.

É com prazer e gratidão que expresso os meus parabéns e congratulações aos tradutores deste "Poema Primeiro" de *Kalevala* para o português. Apesar do grau de dificuldade, o resultado é um sucesso, pois uma tradução que transmite a sonoridade original até para uma leitora finlandesa, cujo ouvido se acostumou com a versão original, merece elogios.

# *Kalevala*: Elias Lönnrot, entre a Tradição Oral e a Literatura Romântica[1]

JOSÉ BIZERRIL

O épico nacional finlandês, *Kalevala*, é uma construção autoral, tendo por base uma longa pesquisa sobre a tradição oral camponesa, por parte de um erudito romântico, o médico e folclorista Elias Lönnrot. Trata-se, de certa forma, de um marco da transição do verso oral à literatura[2], bem como expressão de um projeto erudito de constituição da identidade nacional, ou melhor, um momento de reapropriação da cultura popular pela cultura erudita dentro do contexto do Romantismo.

## *A Língua Finlandesa*

Tendo em mente o relativo desconhecimento do leitor brasileiro quanto ao tema, bem como ao próprio idioma finlandês, parto de algumas considerações linguísticas. O finlandês

1. Uma versão mais detalhada dessa discussão pode ser encontrada em Bizerril (1997).
2. Cf. Bizerril (1996).

pertence à família linguística fino-úgrica – que compreende cerca de dezoito idiomas – e, juntamente com quatro idiomas Samoiedo, forma o grupo urálico, distribuído pela Escandinávia, pelo Báltico, pelo norte da Federação Russa até a Sibéria Ocidental e, na Europa Central, pela Hungria e áreas adjacentes. Mais especificamente, o finlandês pertence a uma subdivisão desta família linguística, o grupo fino-báltico, juntamente com os seguintes idiomas: livoniano, estoniano, vote, izor, ingriano, vepsiano, lude e careliano.

O princípio básico de formação de palavras pela adição de sufixos a radicais – aplicado a substantivos, adjetivos e verbos – caracteriza o finlandês, bem como outros idiomas desta família linguística. As terminações desempenham, inclusive, a função correspondente àquela das preposições na maioria das línguas indo-europeias e compreendem quinze casos distintos. Algumas das funções correspondentes à entonação na língua portuguesa são desempenhadas por partículas enclíticas, como no caso de interrogação (*ko/kö*) ou ênfase (*han/hän*). Uma outra característica marcante é a ausência de gênero gramatical para nomes, assim como de quaisquer artigos, cuja função de determinação ou indeterminação é expressa pela ordem das palavras em uma sentença.

Em termos de sonoridade, o finlandês possui 21 fonemas – com oito letras correspondentes a vogais (*i, e, ä, y, ö, u, o, a*) e treze letras, a consoantes (*p, t, k, d, g, s, h, v, j, l, r, m, n*) – que são sempre representados na escrita da mesma maneira. Uma particularidade na pronúncia é a ocorrência da tônica sempre na primeira sílaba, não importando extensão de uma palavra, e também de fonemas curtos e longos, estes últimos representados na escrita pela repetição de uma mesma letra, cuja diferença de pronúncia produz uma palavra de sentido totalmente diferente – como por exemplo em *tuli* (fogo), *tulli* (alfândega) e *tuuli* (vento), ou *kuka* (quem) e *Kukka* (flor) –, mas que para um falante de português pode parecer à primeira vista apenas uma diferença de entonação. Apesar do ensino generalizado do finlandês padrão, que foi descrito sumariamente acima, fala-se ainda hoje na Finlândia cerca de oito dialetos regionais[3].

## *Tradição Oral, Performance e Propriedades Formais*

Lembrar que a matéria-prima do *Kalevala* provém da tradição oral camponesa[4] pode tornar mais inteligíveis ao leitor várias características da poesia que tenderiam a gerar estranhamento, inclusive para os próprios leitores finlandeses contemporâneos.

A poesia oral existia para ser cantada em certas ocasiões sociais, composta por meio de uma técnica de improvisação que dependia da memorização de um repertório de fórmulas, temas e motivos. A redundância dos versos, que repetem o conteúdo por meio dos dísticos, relaciona-se ao menos em parte às condições acústicas da performance, pois a repetição permite que a audiência acompanhe a narrativa mesmo em condições desfavoráveis. No "Poema Primeiro", encontramos exemplos de

3. Cf. Karlsson (1987).
4. Cf. Bizerril (1996b, 1997, 1999).

dois tipos básicos de situações, mencionadas pelo próprio poeta: o trabalho cotidiano e ocasiões festivas públicas.

O tempo do trabalho inclui não apenas as canções diretamente associadas a etapas das atividades agrícolas e pastoris sazonais, mas também a performance de material épico e lírico no espaço doméstico, durante as longas atividades de preparação para o reinício do ciclo anual que ocorrem durante o inverno, como nestes versos:

| | |
|---|---|
| *Niit' ennen isoni lauloi* | Antes meu pai as cantava |
| *kirvesvartta vuollessansa;* | talhando o cabo da acha; |
| *niita äitini opetti* | minha mãe as ensinava |
| *väätessänsä värtinätä,* | fiando na sua roca, |
| *minun lasna lattialla* | eu no chão quando criança |
| *eessä polven pyöriessä,* | enrolado em seus joelhos, |
| *maitopartana pahaisna,* | lá com barbinha de leite, |
| *piimäsuuna pikkaraisna.* | com boquinha de coalhada. |
| (1. Runo: 37-44) | (Poema Primeiro: 37-44) |

Um outro exemplo, da performance em situações festivas:

| | |
|---|---|
| *Niin laulan hyvänki virren,* | Então canto um bom verso, |
| *kaunihinki kalkuttelen* | forjando a também formosa |
| *ruoalta rukihiselta,* | poesia do centeio, |
| *oluelta ohraiselta.* | a cerveja da cevada. |
| *Kun ei tuotane olutta,* | Se não chegam com cerveja, |
| *tarittane taarivettä,* | se acelerado não servem, |
| *laulan suulta laihemmalta,* | canto com a boca magra, |
| *vetoselta vierettelen* | mas sigo mesmo com água |
| *tämän iltamme iloksi,* | para alegrar nossa noite, |

| | |
|---|---|
| *päivän kuulun kunniaksi,* | para honrar o nobre dia, |
| *vaiko huomenen huviksi,* | deixar a manhã contente, |
| *uuen aamun alkeheksi.* | iniciar nova alvorada. |
| (1. Runo: 91-102) | (Poema Primeiro: 91-102) |

Durante o século XIX, tudo indica que a preservação da tradição oral dependeu de sua incorporação à memória familiar de grupos em geral pertencentes à minoria cristã ortodoxa dos "Antigos Fiéis" e às formas de divisão de trabalho destas comunidades, de modo que a geração mais antiga da família extensa era responsável pela educação da geração mais jovem no âmbito do espaço doméstico e transmitia o conhecimento das técnicas de composição oral e os temas tradicionais enquanto desempenhava suas tarefas.

Quanto às características do verso tradicional fino-báltico, é importante primeiramente considerar suas relações com os modos de performance. Os poemas são tradicionalmente cantados, podendo, ou não, ser acompanhados pelo *kantele*, instrumento semelhante a uma cítara, com um número variável de cordas. A forma pela qual os versos são cantados varia de acordo com a região.

O prólogo do "Poema Primeiro" e amostras de poesia oral sugerem que os poetas cantavam de mãos dadas, este é o caso também de uma das fotos em Asplund (1995), em que os dois poetas aparecem sentados lado a lado, de mãos dadas, com um deles tendo um *kantele* sobre os joelhos, que toca com a outra mão. Já Vansina (1984) afirma que os cantores épicos sentavam-se um de frente para o outro, segurando as extremidades de um mesmo bastão que balançavam ao ritmo da canção. Nas ocasiões festivas, os dois cantores sentavam-se de mãos dadas e com uma mão livre para segurar a caneca de cerveja (Honko, Branch *et al.*, 1993), como aliás sugerem os versos do "Poema Primeiro" citados anteriormente.

As características formais da poesia finlandesa tradicional perpassam gêneros distintos – transcendendo, por exemplo, a separação entre épico e lírico. São elas: versos octossílabos[5]; aliteração; paralelismo (Collinder, 1964; Laitinen, 1994; Honko, Branch *et al.*, 1993; Pentikäinen, 1989); um tipo de linguagem específica que diferencia o discurso poético do discurso cotidiano; além do uso de fórmulas[6].

As categorias aliteração e paralelismo contêm várias subdivisões (Anttonen, 1994). O paralelismo pode ser de quatro tipos: morfológico, léxico, sintático ou semântico. Enquanto o paralelismo morfológico diz respeito a terminações e partes de palavras compostas; o de tipo léxico implica a repetição de palavras; o sintático remete à correspondência da mesma estrutura gramatical; por fim, o semântico significa a repetição do mesmo conteúdo com forma diferente. Pode ocorrer paralelismo internamente a uma linha ou entre duas ou mais linhas. Contudo, a ocorrência de paralelismo não é obrigatória, podendo haver

5. Mais precisamente um verso trocaico tetramétrico que corresponde aproximadamente ao octossílabo espanhol, ou seja, conta-se o verso até sua última sílaba. Essa métrica caracteriza boa parte da poesia fino-báltica, não apenas a tradição finlandesa.
6. Os lamentos (*itkuvirsi*) e a poesia lírica possuem outras características (Laitinen, 1994).

linhas independentes sintática e semanticamente, mas, quando quer que ocorra, ele determina uma relação hierárquica entre as linhas que formam um dístico (par de versos).

A aliteração pode ser de dois tipos (Anttonen, 1994): *a.* fraca, na qual duas ou mais palavras no interior da mesma linha iniciam-se com a mesma consoante, seguida de uma vogal diferente, ou começam com vogais diferentes; *b.* forte, na qual as mesmas consoantes são seguidas pela mesma vogal, e que é a forma predominante de aliteração[7]. Aliteração além da linha assinala unidades mais amplas, e reforça a interrelação hierárquica criada entre as linhas pelo paralelismo, um recurso para criar coerência no discurso.

Outra propriedade formal relevante é a ocorrência repetida das mesmas partículas no início de sentenças ou no fim das palavras, que marcam a separação e a articulação de unidades, a um só tempo formais e temáticas, no interior da mesma canção. Apesar de não serem determinantes nesta tradição, rimas no fim das linhas dão coerência estrutural a um dístico. No caso de linhas paralelas há uma regra que determina que a linha posterior não pode conter elementos que não tenham correspondência na linha anterior.

Como o objetivo dessa introdução é apresentar o primeiro poema do *Kalevala*, e não a tradição oral propriamente dita que lhe serviu de fonte, apresento abaixo um fragmento ilustrativo de nossa tradução para o português:

7. A repetição de consoantes e vogais no mesmo verso chama-se na tradição poética ocidental de paronomásia.

| | |
|---|---|
| MIeleni MInun tekevi, | Minha mente almejando, |
| AIvoni AJattelevi | meu cérebro concebendo |
| LÄhteäni LAulamahan, | começar logo a cantar, |
| SAa'ani SAnelemahan, | e sair a recitar |
| SUkuvirttä SUoltamahan, | puxar versos deste povo, |
| LAjivirttä LAulamahan. | cantar versos ancestrais. |
| (1. Runo: 1-6) | (Primeiro Poema: 1-6) |

As linhas acima organizam-se em três dísticos, nos quais há tanto uma repetição de sons (indicada no texto em finlandês pelo uso de maiúsculas), estruturas gramaticais e conteúdo, quanto a ocorrência de paralelismos morfológico, léxico, sintático e semântico.

No primeiro dístico, ocorre a repetição da partícula possessiva (*ni*) da primeira pessoa do singular e o verbo no particípio presente ativo (*vi: va/vä*, em finlandês padrão). O pronome possessivo na primeira pessoa do singular (*minun*) foi utilizado apenas no primeiro verso por razões métricas e de aliteração.

No segundo e no terceiro dísticos, o sujeito, que em finlandês padrão se expressaria pelo pronome pessoal na primeira pessoa singular (*minä*) e/ou pela conjugação do verbo no presente do indicativo (*lähten, saan*) foi novamente expresso pelo uso do sufixo possessivo na primeira pessoa do singular (*ni*). Os verbos restantes, do segundo e do terceiro dístico, que estão no terceiro infinitivo acompanhado do caso ilativo (*mahan*: *ma* + *an*, em finlandês padrão), possuem a mesma estrutura gramatical e expressam o mesmo sentido, já que há uma correspondência entre os dois verbos que iniciam o segundo dístico – *lähteä* e *saada*, se escritos em finlandês padrão, que neste contexto podem ser traduzidos por começar, sair – e respectivamente entre os dois verbos que os acompanham, cantar (*laulaa*) e recitar (*sanella*). Os dois substantivos do primeiro dístico (*mieli, aivo*) estão no nominativo. Os dois substantivos do terceiro dístico estão no partitivo singular (*sukuvirttä, lajivirttä*, no nominativo seriam, respectivamente *sukuvirsi, lajivirsi*).

Em cada verso que compõe um dístico repete-se o mesmo conteúdo de uma forma diferente, mas com correspondências em termos sintáticos e formais.

Material poético com estas mesmas propriedades formais – incluindo poesia épica e lírica, encantamentos, contos de fada, lendas de santos cristãos, e até poemas históricos – mas também com temas e personagens comuns, foi encontrado em várias regiões da Finlândia, mas também por toda a região fino-báltica (Honko *et al.*, 1993; Pentikäinen, 1989), correspondente a territórios das atuais repúblicas bálticas (Estônia e Látvia) e da Federação Russa (como a república da Carélia), e a idiomas aparentados ao finlandês, com suas respectivas variações dialetais[8]. Quanto ao material documental, com exceção de alguns fragmentos mais antigos, as amostras escritas de material épico foram produzidas apenas a partir do século XVIII, sendo que não há muito sentido em se falar de um original no caso da poesia oral transformada em registro, mas apenas do *Kalevala*, obra literária produzida por Lönnrot, da qual este autor criou várias versões, sendo a de 1849 a mais conhecida.

8. Sobre as possibilidades desta classificação do material poético, cf. Bizerril (1997).

## *O* Kalevala *de Lönnrot e a Construção da Identidade Nacional Finlandesa*

Tendo feito essas considerações sobre a poesia oral e a língua finlandesa, passo agora à discussão da obra de Lönnrot. Seus procedimentos de manipulação e seleção que introduziram modificações em sua matéria-prima oral – e que foram centrais na composição do *Kalevala* como texto literário e símbolo de identidade finlandesa – só fazem sentido se discutidos no contexto mais amplo de movimentos análogos ocorridos na Europa e que lhe foram mais ou menos contemporâneos.

Conforme demonstrou Anderson (1983), a construção da ideia de nação – por ele entendida como comunidade política imaginada – na Europa dos séculos XVIII/XIX, dependeu, entre outros fatores, do desenvolvimento de línguas nacionais escritas, ou melhor, impressas – nas quais se produziram narrativas que construíram identidades baseadas na afirmação de um patrimônio histórico e cultural comum, bem como no mascaramento das diferenças locais e da violência que, ao longo da história, produziu unidades políticas.

Nesse sentido, uma etapa dos processos de elaboração destas identidades nacionais foi o surgimento do estudo das línguas vernáculas, com o correspondente surgimento de dicionários, gramáticas e obras literárias nestas línguas (como no caso do húngaro, tcheco, ucraniano, ou o próprio finlandês), a separação de línguas até então consideradas como uma totalidade e que correspondeu a uma cisão no plano político (como foi o caso do esloveno, servo-croata e búlgaro; ou do dinamarquês e noruegês) e à elaboração de uma língua escrita padrão nacional, difundida via texto e educação formal, que implica uma ideia de gramática correta (ou norma culta), com preeminência sobre os outros usos correntes, característicos das formas dialetais, ainda que derive de alguns dos dialetos que por motivos históricos se tornaram hegemônicos e foram impostos aos falantes de outros dialetos.

A partir do final do século XVIII, verifica-se na Europa um aumento crescente do interesse erudito pela cultura popular, sobretudo sob influxo do movimento romântico. Mais precisamente, a partir da repercussão de pensadores como Herder, a ideia de nacionalidade, ou de identidades nacionais, estava estritamente ligada à da constituição de uma língua nacional própria, cuja manifestação concreta seria a existência de literatura. O *Kalevala* em particular, e o conjunto da obra de Lönnrot em geral, inserem-se neste contexto, da mesma forma que empreendimentos análogos, de coleta e edição de tradições orais para propósitos eruditos, que lhe foram contemporâneos em outros países – como Alemanha, Rússia, Sérvia etc. (Burke, 1989) – e que contribuíram para a construção das identidades nacionais europeias no século XIX a partir de tradições até então periféricas com relação a cultura erudita hegemônica. Se a constituição da literatura era índice de uma nacionalidade que então se definia por comunidade de língua e de cultura, o épico aparecia na teorização romântica como origem da literatura.

Nesse sentido, a obra de Elias Lönnrot marca uma ruptura na história da tradição oral na Finlândia: a passagem da poesia popular para a literatura, um momento importante na história da "descoberta" erudita da cultura popular, o embrião de um movimento de construção da identidade nacional finlandesa. A elevação do finlandês à categoria de língua nacional foi, no plano simbólico, um gesto de afirmação da diferença, de separação dos dois conquistadores aos quais a Finlândia tinha sido até então submetida: a Suécia e a Rússia.

As fronteiras atuais da Finlândia não correspondem ao território em que foi coletada a tradição poética popular, quer dizer, a área que delimita um patrimônio cultural comum não coincide totalmente com suas fronteiras políticas. Uma parte da Carélia foi perdida para a ex-União Soviética, durante a Guerra de Inverno, entre o final da década de 1930 e o início da década de 1940. Ao mesmo tempo, outras regiões, como as repúblicas bálticas, com populações falantes de línguas aparentadas ao finlandês, como o estoniano e o ingriano, nunca pertenceram ao território finlandês, mas, ao contrário, até recentemente estavam dentro da esfera de influência da Rússia.

Além disso, é sabido que pelo menos os estonianos produziram uma narrativa épica nacional análoga, *Kalevi Poeg*, baseada na mesma tradição oral. Neste sentido, é possível que o início das coletas de poesia oral tenha correspondido a um momento em que, estando todos estes grupos sob domínio russo, ainda não diferenciados como nações, não haviam claras fronteiras identitárias entre os falantes das línguas aparentadas.

Apesar de ser um dos intelectuais românticos finlandeses mais famosos internacionalmente, Lönnrot não foi nem o primeiro nem o único a interessar-se por poesia oral, nem mesmo o primeiro a dar ao finlandês uma forma escrita. As primeiras fontes documentais não só do finlandês mas também para outras línguas fino-úgricas, aparecem entre o final da Idade Média e o começo da Idade Moderna, mas o interesse erudito sobre a temática só surgiu a partir do século XVIII[9]. Lönnrot, como precursor da coleta mais sistemática de material folclórico, sofreu influências tanto das interpretações do século XVIII sobre a poesia popular, como do ideário romântico, chegado à Finlândia via Suécia. E diferenciou-se de outros intelectuais que se mobilizaram em defesa do finlandês como língua nacional, por ser de origem finlandesa e não sueca (Collinder, 1964; Pentikäinen, 1989).

Seu interesse pela cultura popular é anterior a suas viagens de coleta. Tendo começado seus estudos universitários humanísticos em 1822 em Turku, formou-se em medicina em Helsinki, e foi o primeiro médico a trabalhar no nordeste da Finlândia. Lönnrot realizou seis jornadas ao campo, a primeira durante o fechamento da Academia de Turku, devido a um grave incêndio que atingiu a cidade, depois como médico de distrito em Oulu e Kajaani, sob os auspícios da Sociedade de Literatura Finlandesa (Suomalaisen Kirjallisuuden Seura), entre 1828-1834 e 1835-1838.

Em 1829, iniciou a publicação de uma coletânea de poesia popular sob o nome de *Kantele*. A primeira versão do *Kalevala*, mais curta, ordenada de forma distinta e mais próxima de uma coletânea de cantos populares do que de uma obra literária, aparece em 1835, sem um grande impacto fora dos meios eru-

9. Cf. Bizerril (1997).

ditos. Em 1849, é publicada a segunda versão, mais longa e que se tornou mundialmente conhecida como a versão definitiva, mesmo não sendo a última a ser produzida por Lönnrot. Paralelamente a suas viagens de coleta e a edição do material poético, Lönnrot produziu o primeiro dicionário finlandês-sueco, cuja primeira edição foi publicada em 1867.

Ainda que tenha sido o autor, ou compilador, do poema épico nacional finlandês, tendo como modelos o Edda islandês e os poemas homéricos (Honko *et al.*, 1993; Kallio, 1989; Pentikäinen, 1989), a ideia o precedeu em algumas décadas (Collinder, 1964; Pentikäinen, 1989).

Lönnrot introduziu modificações no material compilado. O procedimento de colagem que caracteriza o poeta popular foi praticado por Lönnrot de forma ainda mais radical e em uma escala que não seria possível na oralidade. Dominando os procedimentos formais da criação poética oral, ele mesmo fez-se *runonlaulaja*, reinventando a tradição. Uma vez coletadas várias versões dos mesmos poemas, ou melhor, várias performances tratando dos mesmos temas, cujo acervo foi enriquecido ao longo dos anos por outros coletores e por ele próprio, Lönnrot selecionou não só os melhores cantos, mas mesmo os melhores versos, de acordo com seus próprios critérios estéticos e montou os cantos de seu épico fundamentalmente com trechos escolhidos de poemas (Collinder, 1964; Laitinen, 1994; Pentikäinen, 1989).

Por isso, os cantos do *Kalevala* são mais longos do que as execuções orais de cantos com os mesmos temas, mas também de leitura mais difícil, já que Lönnrot utilizou-se de material pertencente a todos os gêneros de poesia oral para compor o seu épico (Kirkkinen, 1985; Laitinen, 1994) e misturou trechos originalmente compostos em dialetos de regiões distintas. Lönnrot dispunha de uma quantidade de material bruto para construir seus poemas em uma escala que não seria possível aos seus informantes, ainda que ele próprio tenha usado de procedimentos de composição análogos.

Ainda que uma porcentagem ínfima da obra tenha sido composta pelo próprio Lönnrot (Kirkkinen, 1985; Pentikäinen, 1989), a criação deste épico representa uma ruptura fundamental: a passagem da oralidade para a escrita, da temática de domínio público – no sentido de não haver propriedade autoral privada, mas sim um repertório comum partilhado pelos cantores – ao texto com autor, da performance em situações concretas, em que nenhuma execução é exatamente igual à outra, nem na forma nem no conteúdo, à forma cristalizada na escrita, descontextualizada, sujeita a critérios de coerência interna e perfeição estética que são alheios ao seu contexto tradicional. Além de descolar a poesia de seu contexto original, produziu uma ruptura com um modo de vida e uma visão de mundo que garantiam, até então, sua continuidade como parte de uma tradição viva e constantemente recriada no jogo das relações intersubjetivas.

Em certo sentido, em um primeiro momento, o *Kalevala* representa uma passagem do popular ao erudito. A própria ideia de um épico, tal qual construída por Lönnrot é arbitrária: na tradição oral alguns textos se organizavam em ciclos mais ou menos independentes uns dos outros, mas nada sugere que eles tivessem que ser necessariamente organizados da forma que o foram no *Kalevala*. É possível, em certa medida, comparar seu trabalho ao de outros intelectuais europeus que lhe foram mais ou menos contemporâneos, como Perrault ou os irmãos Grimm, ou mesmo outros tão antigos quanto Rabelais, que coletaram e editaram material oriundo da cultura popular, retirando estórias populares do contexto em que eram contadas e adaptando-as ao gosto e aos propósitos eruditos, guardadas as devidas proporções da especificidade dos métodos e motivações dos respectivos autores.

Mas há um outro sentido pelo qual a obra de Lönnrot assinala um momento de passagem. Aparentemente, este autor realizou sua coleta no final de um período de efervescência da poesia oral: a maioria dos poetas populares de sua época eram já velhos[10]. O declínio da tradição deveu-se, ao que tudo indica, aos complexos processos sociais vividos pela Finlândia como nação emergente, com crescimento urbano, modernização e a generalização da alfabetização. Essas transformações estão associadas a rupturas com a cosmologia tradicional expressa na poesia oral, de modo que esta última veio a se tornar relativamente ininteligível para a população urbana, moderna e letrada[11]. O próprio Lönnrot imaginava que sua obra poria fim

10. O que não implica que a tradição tenha se extinguido de imediato. Na segunda metade do século XIX, a obra de Lönnrot fomentou coletas sistemáticas, com transcrição por escrito e depois com registro por meios fonográficos, e viagens de pesquisa para a Carélia em busca das raízes da cultura popular finlandesa. Além disso, há amostras de poesia oral tradicional datando da década de 1960, conforme documentada pela etnografia de Pentikäinen (1989) ou, em registro fonográfico (Asplund, 1995).

11. O dicionário do finlandês do *Kalevala* – *Kalevalan sanat* – produzido por Turunen

à tradição oral e fazia paralelos entre oralidade e literatura, por um lado, e dialetos e norma culta escrita, por outro.

O *Kalevala*, tanto como objeto físico quanto como texto, tornou-se uma ligação tangível com o passado e, portanto, símbolo da identidade nacional e cultural, ainda que na atualidade seja pouco lido fora dos meios acadêmicos – com exceção de trechos selecionados de leitura obrigatória nas escolas[12] – e ainda menos compreendido e apreciado.

Editada por Lönnrot, a cosmologia camponesa do século XIX, com relações históricas de longa duração com o xamanismo eurasiático (Pentikäinen, 1989; Bizerril, 1997), não apenas perdeu muito de sua inteligibilidade para o cidadão finlandês urbano médio, mas também a língua em que foi escrito o épico dificulta sua leitura, pois nem é um dos dialetos regionais, nem é exatamente o finlandês padrão aprendido nas escolas. Porém, o *Kalevala* permanece um instrumento ou símbolo[13] que condensa a identidade nacional e cultural e que é acionado naqueles contextos em que se faz ou fez necessária essa

(1981) para os leitores finlandeses, que utilizamos na tradução, ilustra a opacidade estética e linguística do texto.

12. Há, contudo, uma versão contemporânea para crianças que alcançou sucesso entre os leitores: *Koirien Kalevala* (*Kalevala dos Cachorros*). Há poucos anos também foi publicada pela SKS uma versão do *Kalevala* escrita na língua-padrão por Adam Korpak (1999), com um texto de boa qualidade literária e bem mais acessível que o de Lönnrot, mas que parece não ter alcançado o sucesso editorial que seria de se esperar, talvez pela própria sacralidade do épico.

13. Cujos temas e imagens são bastante familiares e eloquentes para uma parcela significativa dos finlandeses, da mesma forma que os personagens e narrativas bíblicas são evocativos para boa parte dos brasileiros, pelo simples fato de estarem imersos em uma cultura cristã, mesmo quando não são cristãos praticantes nem leem a Bíblia.

identidade, como pode ser exemplificado pela atitude dos imigrantes finlandeses residentes em outros países diante desta obra, experienciada como um vínculo tangível com a história sagrada de seus ancestrais[14].

## *Da Oralidade à Literatura*

Ainda que tenha como fonte a poesia popular, é certamente mais polêmico considerar o próprio *Kalevala* como poesia popular em sentido estrito. Como já foi dito nos parágrafos anteriores, há uma descontinuidade fundamental entre aquele e o material que lhe serviu de inspiração. Apesar de que por muito tempo sua obra foi considerada como legítima poesia popular, o próprio Lönnrot tinha consciência de seu papel de compilador e editor, conforme já havia explicitado no prefácio da versão de 1835 do *Kalevala*. Dessa forma, prefiro tratá-lo como uma obra literária baseada na tradição oral.

Uma boa maneira de ilustrar as modificações introduzidas por Lönnrot no material tradicional, quando da composição do *Kalevala*, lançando as bases para discutir o projeto subjacente a esta obra, bem como suas implicações sobre o processo de construção da "finlanidade", é a comparação entre duas versões do poema cosmogônico (*Maailman Synty*) na tradição oral e a versão publicada por Lönnrot, no *Kalevala*, "Poema Primeiro". O poema cosmogônico articula dois temas míticos distintos: o mergulho cósmico e o ovo do mundo[15]. Enquanto

14. Cf. Pentikäinen (1989).

15. O material etnográfico parece indicar a atualidade cosmológica deste poema ainda

que nas versões da Finlândia, Estônia e Carélia um pássaro (águia, pato etc.) põe um ovo no joelho de Väinämöinen, que flutua à deriva no mar primordial, e a criação do mundo se dá pela ruptura do ovo que forma a terra e o domo celeste, bem como pelos movimentos do herói que modelam a paisagem até então informe, nas versões da Ingria, a figura de Väinämöinen está ausente. Esta diferença parece se sobrepor, em certa medida, à predominância de informantes de um dos dois gêneros no âmbito do grupo de especialistas da tradição oral, isto é, naquelas regiões em que predominam mulheres, Väinämöinen não é um personagem tão preeminente quanto no norte, onde este último representa o paradigma do poeta e do xamã[16].

Lönnrot combinou várias versões dos diversos gêneros da tradição oral para construção de seu épico, inclusive combinando nas estórias referentes a um mesmo personagem, feitos referentes a personagens distintos na tradição oral, de modo a dar coerência à trama de seu épico. Enquanto na versão de 1835 ele respeitou as linhas gerais da narrativa oral (Pentikäinen, 1989), na versão de 1849, que se tornou, por assim dizer, o texto canônico do *Kalevala*, a partir do qual foram feitas traduções

no século XIX, como no caso do célebre comentário do informante anônimo do reverendo Jacob Fellman acerca da criação do mundo: "Dear friend, we have the same belief as you. The Eagle flew from the north, laid an egg on Väinämöinen's knee and from it created the world. You have the same belief, I presume" (Collinder, 1964, p. 93; Pentikäinen, 1989, p. 140). O comentário do informante é, *grosso modo*, uma sinopse do mito cosmogônico conforme narrado na tradição oral da Carélia.

16. Cf. Bizerril (1997).

para mais de trinta idiomas, há uma série de elementos novos, com relação ao conteúdo, à extensão do épico, mas também à ordem da narrativa e à forma pela qual os ciclos distintos se articulam. Este rearranjo pode ser ilustrado através da comparação da nova versão do poema cosmogônico às variantes orais.

Na tradição oral e em versões anteriores de sua obra é Väinämöinen quem cria o mundo, mas na nova versão, Ilmatar – etimologicamente uma personificação feminina do ar – uma personagem obscura na tradição oral, desce do céu e é fecundada pelos ventos de Ukko, o qual envia um pássaro, que faz seu ninho em seu joelho, e lá coloca sete ovos, que, ao se romperem, formam a abóbada celeste, o sol, a lua e as estrelas. Ilmatar nada pelo oceano primordial e seus movimentos moldam os acidentes geográficos. Apenas no fim do poema, ela dá a luz a Väinämöinen ("Poema Primeiro"). Além de remover o personagem de seu papel criador, Lönnrot deu preeminência ao deus do trovão, Ukko, entre outros recursos, pelo acréscimo ao texto de um encantamento comum para auxiliar no parto, no qual ele é citado (Pentikäinen, 1989). Já o lapão que dispara flechas contra Väinämöinen é substituído pelo jovem Joukahainen, e o episódio inteiro é transferido para mais adiante, em um outro canto, iniciando a jornada de Väinämöinen para Pohjola e, consequentemente, o ciclo do Sampo (*Kalevala*, "Poema Sexto"). No caso, Joukahainen vinga-se da derrota em seu confronto mágico, cosmológico e poético contra Väinämöinen e de ter sido obrigado a dar sua única irmã em casamento, como resgate (*Kalevala*, "Poema Terceiro").

A ascensão de Ukko a um papel primordial na cosmogonia reflete a um só tempo o projeto do autor de construir um panteão de deidades finlandesas governado por um deus celeste, a exemplo do Olimpo dos poemas homéricos e da Asgard do épico escandinavo[17], simultaneamente ao viés historicizante que interpreta os protagonistas do épico – o velho e justo Väinämöinen, o ferreiro Ilmarinen, o imprudente Lemminkäinen – como antigos chefes e heróis dos ancestrais dos finlandeses. Apesar de que a interpretação mítica, que considera os personagens da poesia popular como deuses, fosse hegemônica em sua época, Lönnrot optou pela interpretação histórica. Neste sentido, o *Kalevala* é, para Lönnrot, ao mesmo tempo uma obra literária e um documento etnográfico, de um tipo bem preciso, uma descrição do passado dos antigos finlandeses.

Em função de sua própria visão de mundo, isto é de suas vinculações pessoais com a versão finlandesa do cristianismo luterano, a vertente do racionalismo cientificista do século XIX que perpassava o saber médico e o interesse romântico pelas tradições populares, Lönnrot teve uma atitude contraditória diante da tradição oral. Se por um lado ele reconheceu o valor estético do material poético como digno de ser a matéria-prima para a invenção da literatura e portanto da nação finlandesa, por outro lado, como médico, ele desprezava a ignorância dos curandeiros que usavam encantações terapêuticas e considerava a prática de entrar em transe como patológica.

Além disso, apesar de ter testemunhado ocorrências de performance ritual dos poemas – como a festa do urso, casamentos carelianos, ritos xamânicos Saami etc. – ele escreveu o *Kalevala*

17. Cf. Pentikäinen (1989).

como se estivesse tratando de tradições pertencentes unicamente ao passado e não à realidade camponesa de sua época. Ele insistiu em fazer uma leitura histórica dos poemas, ignorando a dimensão cosmológica do épico, e por outro lado, expurgando qualquer referência ao Cristianismo nas poesias (Pentikäinen, 1989), com exceção do julgamento de Väinämöinen, um relato do triunfo do Cristianismo sobre a ordem xamânica, que ele utilizou como desfecho do épico.

Em suma, Lönnrot configurou seu épico de modo a conciliar a natureza do material poético às suas próprias opções religiosas, intelectuais, mas também políticas. Isso implica que, ao invés de dar voz à cultura popular, sua obra realiza um silenciamento, um mascaramento da atualidade da tradição, bem como da função paradigmática da narrativa no contexto camponês.

O exame do material poético oral fino-báltico e do material etnográfico fragmentário dos séculos XVIII/XIX sugere um tipo de religiosidade popular sincrética, que por meio de apropriações seletivas recombinou tradições cristãs e não-cristãs, estas últimas remetendo à tradição xamânica eurasiática:

> Tanto a tradição ritual quanto a poesia oral mostram que, até o fim do século XIX, o *tietäjä* finlandês e careliano desempenhava muitas funções e empregava muitas das técnicas e expressões orais associadas a exemplos bem documentados de prática xamânica em outras culturas[18].

18. Honko, Branch *et al.*, 1993, p. 75. CF. também Pentikäinen (1989, pp. 177-199).

Certamente, a interpretação camponesa do conteúdo da poesia é necessariamente polissêmica e complexa. Por um lado, o recurso a encantamentos, técnicas extáticas (*langeta loveen*, na terminologia nativa), articuladas com práticas curativas e um conjunto de procedimentos rituais para entrar em comunicação com os ancestrais no mundo dos mortos sugerem a longa duração de práticas pré-cristãs na religiosidade popular, que, no século XIX, possivelmente vivia um momento de declínio, expresso, por exemplo, pela perda do conhecimento do contexto ritual dos poemas e de sua performance nestes contextos, mas que não parece ter afetado a continuidade do valor da tradição poética como instrumento de identidade cultural, ainda que esta descontextualização pareça ter implicado a constituição de ciclos épicos mais longos e da transformação da tradição em patrimônio familiar (Pentikäinen, 1989). Por outro, a tradição poética é também passível de interpretações e interpolações cristãs.

Ao que tudo indica, ocorreu na Finlândia, ainda que mais tardiamente, algo análogo ao processo de cristianização em outras partes da Europa, isto é, certos elementos de tradições anteriores ao cristianismo sobreviveram, de alguma maneira, até uma época relativamente tardia, em parte pelas próprias estratégias de evangelização, que valeram-se da apropriação não apenas dos espaços sagrados, mas também dos mitos, festividades e práticas que não puderam ser eliminados. Essas continuidades são dinâmicas, no sentido de que os elementos que persistem tem relevância estrutural e são selecionados, rearranjados e incorporados à tradição cristã, ou por referência à tradição cristã, e podem ser ilustradas pela arte verbal popular[19]. Quanto a essa questão, o caso finlandês diz respeito mais especificamente a uma duração até época mais recente destes elementos, talvez em parte devido ao relativo isolamento linguístico-geográfico entre campo e cidade (Kallio, 1989), decorrente da cisão entre a língua erudita e da administração – isto é, o sueco – e a língua da maioria da população – vários dialetos finlandeses – assim como da situação periférica das regiões em que manifestações mais vigorosas dos poemas foram encontradas, como é o caso da Carélia, situada dos dois lados da fronteira leste da Finlândia.

Em resumo, entre a poesia oral e o *Kalevala* ocorre a continuidade do material básico, mas que, por colagem, tornou-se outro texto. Ou seja, a mudança está no nível da textualidade e dos propósitos contextuais, que determinam a configuração do épico. Além do rearranjo do conteúdo na obra de Lönnrot, há divergências na forma, no sentido que o *bricolage* do autor não necessariamente preservou a coerência estrutural total entre forma e conteúdo que ocorre nas versões orais, inclusive na medida em que a língua do épico se constituiu como um proto-finlandês literário, não mais os dialetos regionais do material original, nem tampouco o finlandês padrão. A concepção de Lönnrot acerca da natureza da poesia oral, seus critérios estéticos, sua noção de história e racionalidade influíram tanto na seleção do material quanto no seu arranjo final.

Apesar de sua interpretação histórica, Lönnrot produziu com o *Kalevala* um mito de origem da nação finlandesa, es-

19. Para exemplos de outras partes da Europa, cf. Ginzburg (1988).

tabelecendo, através da narrativa, as bases para a construção de uma identidade cultural a partir de tradições camponesas minoritárias utilizadas para produzir a representação de um passado comum – das origens míticas do cosmos ao triunfo do cristianismo – ou, parafraseando Anderson (1983), de uma "comunidade imaginada". A obra demonstra, portanto, que qualquer texto, escrito ou oral, depende do contexto de sua produção nos seus sentidos existencial imediato, cultural e histórico para se tornarem inteligíveis e, neste sentido, que a autonomia do texto escrito com relação ao contexto é relativa, dizendo mais respeito a sua duração no tempo, como objeto, do que ao sentido da mensagem propriamente dita.

Neste sentido, o *Kalevala* fala tanto da sociedade camponesa da qual foi retirada a matéria-prima para sua concepção, quanto do ideário erudito de seu autor, ou melhor, pode ser interpretado como uma representação erudita da cultura popular, apropriada de acordo com motivações que lhe são estranhas.

A diferença entre narrativa oral improvisada e seu equivalente literário, está na maior flexibilidade da constituição da poesia oral sob influência da relação interpessoal imediata com uma audiência, que molda o conteúdo do próprio texto no momento de sua produção, enquanto que o autor literário, no caso Lönnrot, dialoga indiretamente com seu público leitor, mas também a partir de um ponto de vista histórica e culturalmente dado, produzindo um texto de forma fixa, que permanece inalterado a cada leitura, mas cujo contexto de interpretação é dado pelo leitor.

Ainda assim, o *Kalevala* participa do patrimônio da literatura mundial por sua própria riqueza poética e imagística, um texto aberto a novas leituras, assim como devem ser os textos que se tornam clássicos. Esperamos com essa tradução ter trazido ao público brasileiro uma amostra da riqueza do *Kalevala*, em uma forma ao mesmo tempo fiel à sua estética e que prima pela legibilidade para um leitor contemporâneo.

## *Referências*

### BIBLIOGRÁFICAS


ANDERSON, Benedict. *Imagined Communities: Reflections on the Origin and Spread of Nationalism*. London & New York, Verso, 1983.

BIZERRIL, José. "Xamanismo e Literatura". *Humanidades*. Brasília, Editora UnB, 1996a, n. 40, pp. 56-72.

______. "Kalevala: Resgatando a Oralidade do Épico". *Textos de História*. Brasília, Departamento de História – UnB, vol. 4, n. 2, 1996b, pp. 71-93.

______. *Da Voz ao Livro – Reflexões sobre Oralidade e Literatura no Contexto da Poesia Tradicional Finlandesa*. Dissertação de mestrado, Departamento de Antropologia – UnB, 1997.

______. "O Território da Confluência: Poética e Antropologia". *Horizontes Antropológicos*, vol. 12 Cultura Oral e Narrativa. Porto Alegre, PPGAS URGS, 1999.

BURKE, Peter. *A Cultura Popular na Idade Moderna*. São Paulo, Companhia das Letras, 1989.

COLLINDER, Björn. *The Kalevala and its Background*. Stockholm-Göteborg-Uppsala, Almqvist & Wiksell, 1964.

GINZBURG, Carlo. *Os Andarilhos do Bem: Feitiçarias e Cultos Agrários nos Séculos XVI e XVII*. São Paulo, Companhia das Letras, 1988.

HONKO, Lauri; TIMONEN, Senni; BRANCH, Michael & BOSLEY, Keith. *The Great Bear: A Thematic Anthology of Oral Poetry in the Finno-Ugrian Languages*. Pieksämäki: Suomalaisen Kirjallisuuden Seura Toimituksia 533, 1993.

KALLIO, Veikko. *Finland: Cultural Perspectives*. Porvoo, WSOY, 1989.

KARLSSON, Fred. *Finnish Grammar*. 2nd edition. Porvoo-Helsinki-Juva, WSOY, 1987.

KIRKKINEN, Heiki & SIHVO, Hannes. *The Kalevala, an Epic of Finland and all Mankind*. Helsinki, Printing House Auranen Forssa, 1985.

KLINGE, Matti. *Breve História da Finlândia*. Ministério das Relações Exteriores da Finlândia, 1989.

LAITINEN, Kai. *Literature of Finland: an Outline*. 2nd edition. Helsinki, Otava, 1994.

LITTLETON, C. Scott. *The New Comparative Mythology: an Anthropological Assessment of the Theories of Georges Dumézil*. 3rd. edition. Berkeley, University of California Press, 1982.

PENTIKÄINEN, Juha. *Kalevala Mythology*. Bloomington and Indianápolis, Indiana University Press, 1989.

TURUNEN, Aimo. *Kalevalan Sanat*. 2. paino. Pohjois-Karjalan Kirjapaino Oy, 1981.

VANSINA, Jan. *Oral Tradition as History*. Madison, University of Wisconsin Press, 1984.

LITERÁRIAS

LÖNNROT, Elias. *Kalevala*. 27. ed. Mikkeli, Suomalaisen Kirjallisuuden Seuran Toimituksia 14, 1849-1985.

______. *El Kalevala*. Trad. Joaquin Fernandez & Ursula Ojanen. Madrid, Editora Nacional, 1984.

FONOGRÁFICAS

ASPLUND, Anneli (ed.). *The Kalevala Heritage: Archive Recordings of Ancient Finnish Songs*. Helsinki, Suomalaisen Kirjallisuuden Seura, 1995.

*KALEVALA*

*Ensimmäinen Runo*

KALEVALA

Poema Primeiro

*Mieleni minun tekevi,*
*aivoni ajattelevi*
*lähteäni laulamahan,*
*saa'ani sanelemahan,*
*sukuvirttä suoltamahan,*
*lajivirttä laulamahan.*
*Sanat suussani sulavat,*
*puhe'et putoelevat,*
*kielelleni kerkiävät,*
*hampahilleni hajoovat.*

*Veli kulta, veikkoseni,*
*kaunis kasvinkumppalini!*
*Lähe nyt kanssa laulamahan,*
*saa kera sanelemahan*
*yhtehen yhyttyämme,*
*kahta'alta käytyämme!*
*Harvoin yhtehen yhymme,*
*saamme toinen toisihimme*
*näillä raukoilla rajoilla,*
*poloisilla Pohjan mailla.*

Minha mente almejando,
meu cérebro concebendo
começar logo a cantar,
e sair a recitar
puxar versos deste povo,
cantar versos ancestrais.
Palavras na boca solvem
e falares desfalecem
na minha língua se aninham
entre os dentes se esfacelam.

Meu irmão, caro irmãozinho,
amigo de meninice!
Comigo vem canta agora,
vem de novo alça a voz
lado a lado aliemo-nos,
provindos de dois lugares!
Raramente reunimo-nos,
temos no entanto um ao outro
por estas pobres fronteiras,
nas tristes terras do Norte.

*Lyökämme käsi kätehen,*
*sormet sormien lomahan,*
*lauloaksemme hyviä,*
*parahia pannaksemme,*
*kuulla noien kultaisien,*
*tietä mielitehtoisien,*
*nuorisossa nousevassa,*
*kansassa kasuavassa:*
*noita saamia sanoja,*
*virsiä virittämiä*
*vyöltä vanhan Väinämöisen,*
*alta ahjon Ilmarisen,*
*päästä kalvan Kaukomielen,*
*Joukahaisen jousen tiestä,*
*Pohjan peltojen periltä,*
*Kalevalan kankahilta.*

*Niit' ennen isoni lauloi*
*kirvesvartta vuollessansa;*
*niitä äitini opetti*
*väätessänsä värttinätä,*
*minun lasna lattialla*
*eessä polven pyöriessä,*
*maitopartana pahaisna,*
*piimäsuuna pikkaraisna.*

Bardos, demo-nos as mãos,
dedos todos entre dedos,
cantemos toadas boas,
puxemos pelas melhores,
que escutem as mais doces,
que conheçam as queridas,
jovem geração que surge,
gente crescendo entre a gente:
aquelas palavras vindas,
aqueles versos que emergem
do cinto do velho Väinämöinen,
do fundo da forja de Ílmarinen,
do fio da espada de Káukomieli,
da trilha do arco de Jóukahainen,
de lá dos campos do Norte,
e das estepes de Kálevala.

Antes meu pai as cantava
talhando o cabo da acha;
minha mãe as ensinava
fiando na sua roca,
eu no chão quando criança
enrolado em seus joelhos,
lá com barbinha de leite,
com boquinha de coalhada.

*Sampo ei puuttunut sanoja*
*eikä Louhi luottehia:*
*vanheni sanoihin sampo,*
*katoi Louhi luottehisin,*
*virsihin Vipunen kuoli,*
*Lemminkäinen leikkilöihin.*

*Viel' on muitaki sanoja,*
*ongelmoita oppimia:*
*tieohesta tempomia,*
*kanervoista katkomia,*
*risukoista riipomia,*
*vesoista vetelemiä,*
*päästä heinän hieromia,*
*raitiolta ratkomia,*
*paimenessa käyessäni,*
*lasna karjanlaitumilla,*
*metisillä mättähillä,*
*kultaisilla kunnahilla,*
*mustan Muurikin jälessä,*
*Kimmon kirjavan keralla.*

Sobravam ditos a Sampo
e a Louhi sortilégios:
perdeu-se Sampo nos ditos,
e Louhi nos sortilégios,
esvaiu-se em versos Vípunen,
em galanteios Lêmminkäinen.

Há também outras palavras,
encantos que se ensinam:
encontrados nas estradas,
macerados da magriça,
arrancados do arvoredo,
buscados na brotação,
recolhidos entre a relva,
extraídos entre as trilhas,
quando eu era pastor,
criança cuidando de gado,
sobre colinas queridas,
moitas doces como o mel,
trás da negra vaca Múurikki,
e com o malhado Kimmo.

*Vilu mulle virttä virkkoi,*
*sae saatteli runoja.*
*Virttä toista tuulet toivat,*
*meren aaltoset ajoivat.*
*Linnut liitteli sanoja,*
*puien latvat lausehia.*

*Ne minä kerälle käärin,*
*sovittelin sommelolle.*
*Kerän pistin kelkkahani,*
*sommelon rekoseheni;*
*ve'in kelkalla kotihin,*
*rekosella riihen luoksi;*
*panin aitan parven päähän*
*vaskisehen vakkasehen.*

Frio me proferiu seus versos,
chuva chamou seus poemas.
Outros versos trouxe o vento,
ondas do mar conduziram.
Aves versaram palavras,
frases o cimo das árvores.

Enrolei-os numa bola,
arrumei-os num novelo.
Bola espetei no trenó,
novelo no trenózinho;
arrastei-o para casa,
do trenó para o celeiro;
e de lá à prateleira
dentro da arca de cobre.

*Viikon on virteni vilussa,*
*kauan kaihossa sijaisnut.*
*Veänkö vilusta virret,*
*lapan laulut pakkasesta,*
*tuon tupahan vakkaseni,*
*rasian rahin nenähän,*
*alle kuulun kurkihirren,*
*alle kaunihin katoksen,*
*aukaisen sanaisen arkun,*
*virsilippahan viritän,*
*kerittelen pään kerältä,*
*suorin solmun sommelolta?*

*Niin laulan hyvänki virren,*
*kaunihinki kalkuttelen*
*ruoalta rukihiselta,*
*oluelta ohraiselta.*
*Kun ei tuotane olutta,*
*tarittane taarivettä,*
*laulan suulta laihemmalta,*
*vetoselta vierettelen*
*tämän iltamme iloksi,*
*päivän kuulun kunniaksi,*
*vaiko huomenen huviksi,*
*uuen aamun alkeheksi.*

Há muito meus versos no frio,
no escuro muito ficaram.
Saco do frio meus versos,
tiro do gelo toadas,
arca trago ao salão,
caixa coloco no assento,
sob a memorável viga,
sob o bonito telhado,
abro cofre das palavras,
baú de versos destravo,
eu solto linhas da bola,
estico fio do novelo?

Então canto um bom verso,
forjando a também formosa
poesia do centeio,
a cerveja da cevada.
Se não chegam com cerveja,
se acelerado não servem,
canto com a boca magra,
mas sigo mesmo com água
para alegrar nossa noite,
para honrar o nobre dia,
deixar a manhã contente,
iniciar nova alvorada.

*Noin kuulin saneltavaksi,*
*tiesin virttä tehtäväksi:*
*yksin meillä yöt tulevat,*
*yksin päivät valkeavat;*
*yksin syntyi Väinämöinen,*
*ilmestyi ikirunoja*
*kapehesta kantajasta,*
*Ilmattaresta emosta.*

*Olipa impi, ilman tyttö,*
*kave luonnotar korea.*
*Piti viikoista pyhyyttä,*
*iän kaiken impeyttä*
*ilman pitkillä pihoilla,*
*tasaisilla tanterilla.*

*Ikävystyi aikojansa,*
*ouostui elämätänsä,*
*aina yksin ollessansa,*
*impenä eläessänsä*
*ilman pitkillä pihoilla,*
*avaroilla autioilla.*

Assim ouvi ser recitado,
vi esse verso ser feito:
sós chegavam-nos as noites,
sós rebrilhavam os dias;
só nasceu o sábio Väinämöinen,
veio o poeta primevo
veio do ventre da virgem,
Ílmatar a sua mãe.

Era a garota do ar,
bela donzela lúonnotar.
Ficou pura muito tempo,
virgem a vida inteira
na amplitude do ar,
suave planície do céu.

Entediou-se com o tempo,
estranhou a própria vida,
estando sempre sozinha,
e vivendo sempre virgem
na amplitude do ar,
em seu extenso vazio.

*Jop' on astuiksen alemma,*
*laskeusi lainehille,*
*meren selvälle selälle,*
*ulapalle aukealle.*
*Tuli suuri tuulen puuska,*
*iästä vihainen ilma;*
*meren kuohuille kohotti,*
*lainehille laikahutti.*

*Tuuli neittä tuuitteli,*
*aalto impeä ajeli*
*ympäri selän sinisen,*
*lakkipäien lainehien:*
*tuuli tuuli kohtuiseksi,*
*meri paksuksi panevi.*

*Kantoi kohtua kovoa,*
*vatsantäyttä vaikeata*
*vuotta seitsemän satoa,*
*yheksän yrön ikeä;*
*eikä synny syntyminen,*
*luovu luomatoin sikiö.*

Foi mesmo mais para baixo,
descendeu até as ondas,
até o alto-mar aberto,
e o amplo dorso do mar.
Veio brusco um vendaval,
o ar irado do leste;
ergueu espumas do mar,
e as ondas entornou.

O vento a virgem soprou,
a onda a jovem levou
ao longo do dorso azul,
por sobre a espuma das vagas:
vento ventou em seu ventre,
o mar engravidou Ílmatar.

A mulher firme mantinha
entranhas cheias difíceis;
seguiu setecentos anos,
nove eras de um homem;
nem nascia nascimento,
nem largava dela a cria.

*Vieri impi veen emona.*
*Uipi iät, uipi lännet,*
*uipi luotehet, etelät,*
*uipi kaikki ilman rannat*
*tuskissa tulisen synnyn,*
*vatsanvaivoissa kovissa;*
*eikä synny syntyminen,*
*luovu luomatoin sikiö.*

*Itkeä hyryttelevi;*
*sanan virkkoi, noin nimesi:*
*"Voi poloinen, päiviäni,*
*lapsi kurja, kulkuani!*
*Jo olen joutunut johonki:*
*iäkseni ilman alle,*
*tuulen tuuiteltavaksi,*
*aaltojen ajeltavaksi*
*näillä väljillä vesillä,*
*lake'illa lainehilla!*

Virgem vagou, mãe da água.
Nadou de leste a oeste,
nadou do ártico ao sul,
por toda a borda do mundo
com seu trabalho de parto,
a dor ardente da origem;
nem nascia nascimento,
nem largava dela a cria.

Chorou em silêncio a fio;
proferiu palavra, disse:
"Oh, infelizes, meus dias,
pobrezinha, a minha vida!
Entendi algo afinal:
para sempre sob o céu,
serei soprada no vento,
serei levada nas ondas
na amplitude das águas,
na vastidão dessas vagas!

*"Parempi olisi ollut*
*ilman impenä eleä,*
*kuin on nyt tätä nykyä*
*vierähellä veen emona:*
*vilu tääll' on ollakseni,*
*vaiva värjätelläkseni,*
*aalloissa asuakseni,*
*veessä vierielläkseni.*

*"Oi Ukko, ylijumala,*
*ilman kaiken kannattaja!*
*Tule tänne tarvittaissa,*
*käy tänne kutsuttaessa!*
*Päästä piika pintehestä,*
*vaimo vatsanvääntehestä!*
*Käy pian, välehen jou'u,*
*välehemmin tarvitahan!"*

*Kului aikoa vähäisen,*
*pirahteli pikkaraisen.*
*Tuli sotka, suora lintu;*
*lenteä lekuttelevi*
*etsien pesän sijoa,*
*asuinmaata arvaellen.*

"Melhor seria viver
como uma virgem do ar,
do que agora neste instante
vagar como mãe da água:
ficando aqui no frio,
tremendo de tão aflita,
habitando ali nas ondas,
vagueando pelas águas.

"Oh, Ukko! Oh, deus supremo,
que a todo céu sustenta!
Venha cá pois necessito,
chegue aqui estou pedindo!
Liberte a jovem do aperto,
a esposa, dos espasmos!
Chegue agora, ágil acorra,
mais ágil é necessário!"

Passou só pouquinho tempo,
escoou o instantinho.
Veio o pato, ave direta;
adejou continuamente
buscando um canto pro ninho,
almejando uma morada.

*Lenti iät, lenti lännet,*
*lenti luotehet, etelät.*
*Ei löyä tiloa tuota,*
*paikkoa pahintakana,*
*kuhun laatisi pesänsä,*
*ottaisi olosijansa.*

*Liitelevi, laatelevi;*
*arvelee, ajattelevi:*
*"Teenkö tuulehen tupani,*
*aalloillen asuinsijani?*
*Tuuli kaatavi tupasen,*
*aalto vie asuinsijani."*

*Niin silloin ve'en emonen,*
*veen emonen, ilman impi,*
*nosti polvea merestä,*
*lapaluuta lainehesta*
*sotkalle pesän sijaksi,*
*asuinmaaksi armahaksi.*

Voou de leste a oeste,
voou do ártico ao sul.
Um pouso não pôde achar,
nem mesmo lugar ruim,
onde amanhar o seu ninho,
local de fazer um lar.

Voejando, indo e vindo;
aventou, avaliando:
"No vento faço um salão,
cá nas ondas minha casa?
Vento arrasa meu salão,
onda leva minha casa".

Foi quando a mãe da água,
mãe da água, virgem do ar,
ergueu um joelho do mar,
alçou um ombro das ondas
pôs um ninho para o pato,
terra terna pra morar.

*Tuo sotka, sorea lintu,*
*liiteleikse, laateleikse.*
*Keksi polven veen emosen*
*sinerväisellä selällä;*
*luuli heinämättähäksi,*
*tuoreheksi turpeheksi.*

*Lentelevi, liitelevi,*
*päähän polven laskeuvi.*
*Siihen laativi pesänsä,*
*muni kultaiset munansa:*
*kuusi kultaista munoa,*
*rautamunan seitsemännen.*

*Alkoi hautoa munia,*
*päätä polven lämmitellä.*
*Hautoi päivän, hautoi toisen,*
*hautoi kohta kolmannenki.*
*Jopa tuosta veen emonen,*
*veen emonen, ilman impi,*
*tuntevi tulistuvaksi,*
*hipiänsä hiiltyväksi;*
*luuli polvensa palavan,*
*kaikki suonensa sulavan.*

Este pato, ave charmosa,
a voejar num vaivém.
Achou o joelho da mãe da água
naquele dorso azulado;
supôs ali turfa fresca,
uma moita de capim.

Voejou e adejou,
alojou-se no joelho.
Nesse nicho aninhou-se,
pôs seus ovos dourados:
houve seis ovos de ouro,
foi de ferro sim, o sétimo.

Já chegou chocando os ovos,
sobre o joelho calentou-os.
Chocou um, chocou dois dias,
também chocou um terceiro.
Até que ela, a mãe da água,
mãe da água, virgem do ar,
sentiu um grande calor,
sua tez ardendo em brasa;
que o seu joelho queimava,
várias veias dissolviam-se.

*Vavahutti polveansa,*
*järkytti jäseniänsä:*
*munat vierähti vetehen,*
*meren aaltohon ajaikse;*
*karskahti munat muruiksi,*
*katkieli kappaleiksi.*

*Ei munat mutahan joua,*
*siepalehet veen sekahan.*
*Muuttuivat murut hyviksi,*
*kappalehet kaunoisiksi:*
*munasen alainen puoli*
*alaiseksi maaemäksi,*
*munasen yläinen puoli*
*yläiseksi taivahaksi;*
*yläpuoli ruskeaista*
*päivöseksi paistamahan,*
*yläpuoli valkeaista,*
*se kuuksi kumottamahan;*
*mi munassa kirjavaista,*
*ne tähiksi taivahalle,*
*mi munassa mustukaista,*
*nepä ilman pilvilöiksi.*

Balançou o seu joelho,
sacudiu a sua perna:
os ovos tombaram n'água,
foram nas ondas do mar;
esfacelaram-se em lascas,
partiram-se em pedaços.

Ovos à vasa não foram,
nem seus fragmentos à água.
Mudaram-se em lindas lascas,
também em belos pedaços:
a parte de baixo do ovo
tornou-se a crosta da terra,
a parte de cima do ovo
tornou-se o domo do céu;
do amarelo de cima
fez-se o sol para aquecer,
da parte clara de cima,
fez-se a lua pra brilhar;
o que era multicor,
tornou-se estrelas do céu,
o que era mancha escura,
tornou-se nuvens do ar.

*Ajat eellehen menevät,*
*vuoet tuota tuonnemmaksi*
*uuen päivän paistaessa,*
*uuen kuun kumottaessa.*
*Aina uipi veen emonen,*
*veen emonen, ilman impi,*
*noilla vienoilla vesillä,*
*utuisilla lainehilla,*
*eessänsä vesi vetelä,*
*takanansa taivas selvä.*

*Jo vuonna yheksäntenä,*
*kymmenentenä kesänä*
*nosti päätänsä merestä,*
*kohottavi kokkoansa.*
*Alkoi luoa luomiansa,*
*saautella saamiansa*
*selvällä meren selällä,*
*ulapalla aukealla.*

Os tempos iam em frente,
e os anos mais adiante
com novo sol aquecendo,
com nova lua luzindo.
Ainda nadava mãe da água,
mãe da água, virgem do ar,
no meio das calmas águas,
por entre as brumosas vagas,
a sua frente água suave,
a suas costas céu claro.

Depois de assim nove anos,
ao todo por dez verões
içou a sua cabeça,
tirou a fronte do mar.
Foi fazendo o mundo,
criando a criação
lá no alto-mar aberto,
no amplo dorso do mar.

*Kussa kättä käännähytti,*
*siihen niemet siivoeli;*
*kussa pohjasi jalalla,*
*kalahauat kaivaeli;*
*kussa ilman kuplistihe,*
*siihen syöverit syventi.*

*Kylin maahan käänteli he:*
*siihen sai sileät rannat;*
*jaloin maahan käänteli he:*
*siihen loi lohiapajat;*
*pä'in päätyi maata vasten:*
*siihen laitteli lahelmat.*

*Ui siitä ulomma maasta,*
*seisattelihe selälle:*
*luopi luotoja merehen,*
*kasvatti salakaria*
*laivan laskemasijaksi,*
*merimiesten pään menoksi.*

Onde pousou sua mão,
lá despontaram penínsulas;
onde apoiou o seu pé,
leitos de pesca escavou;
onde o ar borbulhou,
lá os fossos assim fez.

Virou a terra c'o flanco:
lá forjou litorais planos;
virou a terra c'os pés:
lá fez leitos de salmão;
bateu na terra a cabeça:
lá formou as enseadas.

Nadou pra longe da terra,
deteve-se nesse dorso:
criou ilhotas no mar,
fez crescer rochas, rochedos
para naufrágio das naus,
para morte dos marujos.

*Jo oli saaret siivottuna,*
*luotu luotoset merehen,*
*ilman pielet pistettynä,*
*maat ja manteret sanottu,*
*kirjattu kivihin kirjat,*
*veetty viivat kallioihin.*
*Viel' ei synny Väinämöinen,*
*ilmau ikirunoja.*

*Vaka vanha Väinämöinen*
*kulki äitinsä kohussa*
*kolmekymmentä keseä,*
*yhen verran talviaki,*
*noilla vienoilla vesillä,*
*utuisilla lainehilla.*

*Arvelee, ajattelevi,*
*miten olla, kuin eleä*
*pimeässä piilossansa,*
*asunnossa ahtahassa,*
*kuss' ei konsa kuuta nähnyt*
*eikä päiveä havainnut.*

Ilhas foram debastadas,
ilhotas feitas pro mar,
pilares do céu fincados,
continentes evocados,
traços gravados nas pedras,
linhas sulcadas nas rochas.
Ainda não nasceu Väinämöinen,
este poeta primevo.

O velho e justo Väinämöinen
passou no ventre da mãe
três dezenas de verões,
e tantos invernos quanto,
no meio das calmas águas,
por entre as brumosas vagas.

Aventou, avaliando,
como estar, como viver
no escuro esconderijo,
na estreita habitação,
onde nunca viu a lua
e nem vislumbrou o sol.

*Sanovi sanalla tuolla,*
*lausui tuolla lausehella:*
*"Kuu, keritä, päivyt, päästä,*
*otava, yhä opeta*
*miestä ouoilta ovilta,*
*veräjiltä vierahilta,*
*näiltä pieniltä pesiltä,*
*asunnoilta ahtahilta!*
*Saata maalle matkamiestä,*
*ilmoillen inehmon lasta,*
*kuuta taivon katsomahan,*
*päiveä ihoamahan,*
*otavaista oppimahan,*
*tähtiä tähyämähän!"*

*Kun ei kuu kerittänynnä*
*eikä päivyt päästänynnä,*
*ouosteli aikojansa,*
*tuskastui elämätänsä:*
*liikahutti linnan portin*
*sormella nimettömällä,*
*lukon luisen luikahutti*
*vasemmalla varpahalla;*
*tuli kynsin kynnykseltä,*
*polvin porstuan ovelta.*

Proferiu essas palavras,
declarou esses dizeres:
“Lua, brilhe, sol, aqueça,
ursa maior, guie o homem
além das estranhas portas,
dos portais desconhecidos,
desse pequenino ninho,
essa estreita habitação!
Leve o viajante à terra,
faça-o sair à luz,
pra olhar a lua no céu,
deslumbrar-se com o sol,
mirar a ursa maior,
as estrelas contemplar!”

Como não brilhou a lua
e nem aqueceu o sol,
estranhou seu próprio tempo,
cansou-se de sua vida:
moveu o portal do palácio
com o seu dedo anular,
destravou trinco de osso
com dedo do pé esquerdo;
passou unha pelo umbral,
o joelho pela porta.

*Siitä suistui suin merehen,*
*käsin kääntyi lainehesen;*
*jääpi mies meren varahan,*
*uros aaltojen sekahan.*

*Virui siellä viisi vuotta,*
*sekä viisi jotta kuusi,*
*vuotta seitsemän, kaheksan.*
*Seisottui selälle viimein,*
*niemelle nimettömälle,*
*manterelle puuttomalle.*

*Polvin maasta ponnistihe,*
*käsivarsin käännältihe.*
*Nousi kuuta katsomahan,*
*päiveä ihoamahan,*
*otavaista oppimahan,*
*tähtiä tähyämähän.*

*Se oli synty Väinämöisen,*
*rotu rohkean runojan*
*kapehesta kantajasta,*
*Ilmattaresta emosta.*

De lá desceu ao mar,
moveu sua mão nas vagas;
varão vagando no mar,
o homem no meio das ondas.

Lá ficou por cinco anos,
ou de cinco para seis,
anos seis ou sete ou oito.
Alcançou a costa enfim,
a península sem nome,
continente descampado.

De joelhos forçou o chão,
e ergueu-se com os braços.
Levantou pra ver a lua,
deslumbrar-se com o sol,
mirar a ursa maior,
as estrelas contemplar.

E Väinämöinen nasceu,
bravo poeta ancestral
veio do ventre da virgem,
Ílmatar a sua mãe.

# Traduzir *Kalevala*: Um Estranho Familiar

ÁLVARO FALEIROS

O poema épico *Kalevala* é citado com frequência nos estudos de tradução como uma importante fonte de reflexão sobre o ato de traduzir. Delisle e Woodsworth (1998, p. 135), por exemplo, destacam o papel de Elias Lönnrot como um dos responsáveis pelo desenvolvimento do vocabulário técnico e científico finlandês. Os autores também destacam que o épico elaborado por Lönnrot já foi traduzido em várias línguas, como alemão, russo, inglês, francês e japonês.

Plourde (2003), por sua vez, analisa a importância da tradução do *Kalevala* para algumas culturas periféricas diante de outros sistemas literários centrais e de como a política de incentivo da tradução do épico pelo governo finlandês cumpre um papel importante na afirmação da identidade nacional finlandesa.

No caso do Brasil, esta é a primeira tradução do poema, na verdade, uma amostra, pois se trata apenas do primeiro dos cinquenta cantos que formam o poema. Nesse sentido, cumprimos, em parte, a trajetória corrente de uma obra e de suas (re)traduções, isto é, traduzimos uma versão abreviada. Diferentemente do que ocorre, contudo, nossa versão não é em prosa.

Nossa tradução propõe-se a produzir, em português, um texto poético regido por alguns princípios retórico-formais e socioculturais, como a busca de um tênue equilíbrio entre a "estrangeirização" e a "naturalização"[1]. O fato de considerar o estrangeiro como parte da equação situa este projeto tradutório dentro de uma longa tradição que remonta aos teóricos-escritores do romantismo alemão. Aquele que melhor sintetiza nossa arriscada (utópica?) busca é Wilhelm von Humboldt (2001, p. 97) quando afirma:

> [...] a essa visão se liga necessariamente o fato de que a tradução assume um certo colorido estranho, mas é muito fácil estabelecer o limite a partir do qual ele se torna um erro inequívoco. Na medida em que faz sentir o estranho ao invés da estranheza, a tradução alcançou suas mais altas finalidades; entretanto, no momento em que aparece a estranheza em si, talvez até mesmo obscurecendo o estranho, o tradutor revela não estar à altura do seu original.

Um dos possíveis limites entre o estranho e a estranheza pode ser a legibilidade que, no caso da tradução de uma língua como a finlandesa para o português, passa pelas diferenças sintáticas entre as duas línguas. Nesse sentido, uma tradução palavra por palavra produziria em português um texto ininte-

1. A escolha desses dois termos, ao invés de "exotização" e "domesticação", bastante comuns na bibliografia anglo-americana, deve-se ao fato de os considerar extremos demais ante o tipo de atitude tradutória que praticamos.

ligível, já que as sintaxes das duas línguas, como assinalado na introdução, são estruturalmente distintas. Esse grau de estranheza não condiz com nosso projeto tradutório, motivo pelo qual adotamos uma sintaxe brasileira; ainda que optemos pela omissão dos artigos quando isso não dificulta a compreensão, como no seguinte dístico:

> Frio me proferiu seus versos,
> chuva chamou seus poemas.

Outro aspecto que exige reflexão na tradução do *Kalevala* é o tom arcaizante do texto. Escrito em finlandês antigo e dialetal, o poema hoje é de difícil leitura até para um finlandês. Em sua crítica à mais recente e completa tradução do *Kalevala* para o francês, feita em 1991 por Rebourcet, Plourde (2003, p. 266) assinala a presença de um "procedimento arcaizante" adotado pelo tradutor francês. Este optou, por exemplo, por palavras de origem germânica, ao invés das de origem latina ou grega, segundo Rebourcet, "a fim de garantir a coerência do léxico com a civilização". Esse recurso parece favorecer uma "atmosfera exotizadora" que Plourde identifica na maioria das traduções feitas do poema; e que faz do poema mais uma curiosidade do que um objeto literário.

Esse tipo de estranheza também foge ao nosso projeto tradutório, pois acreditamos que uma tentativa de envolver o texto em uma atmosfera arcaizante do português soaria provavelmente artificial. Alguns autores já ousaram esse tipo de solução em português, como Guilherme de Almeida ao traduzir o poeta francês do século xv, François Villon. Mário Laranjeira (1993, p. 110), considera a referida tradução "um primor, sob todos os aspectos homogênea ao texto de Villon". Laranjeira em seguida afirma que a vantagem de se utilizar uma grafia arcaizante é que

> [...] a visilegibilidade do poema fica mais bem preservada: o falante atual da língua portuguesa que "olha" para o texto produzido por Guilherme de Almeida recebe o mesmo impacto do leitor francês que "olha" para o texto de Villon.

Entretanto, o próprio Laranjeira (2004), ao traduzir poemas franceses da Renascença, esclarece que "o português usado na tradução, embora apresente esporadicamente laivos de arcaísmos, manteve-se nos padrões atuais da língua". Os comentários de Laranjeira referentes a Guilherme de Almeida, são, pois, um elogio à forma no que concerne um primeiro contato do leitor com a obra. Quando se trata, contudo, de trazer textos arcaicos para o leitor brasileiro, opta pelos padrões atuais da língua. Sinal de que, mais do que permitir um "olhar" sobre o texto, Laranjeira, assim como nós, almeja produzir textos que comuniquem com seus contemporâneos.

Uma vez que nem a sintaxe nem o tom arcaizante fazem parte de nossas escolhas, resta esclarecer os parâmetros do estranhamento aqui adotados; discussão de natureza sociocultural.

Plourde, no que diz respeito à referida tradução de Rebourcet, atenta para o que chama de "reterritorialização" do épico finlandês em francês. Esta se dá por meio de procedimentos como a redução e a explicação de nomes próprios. Este foi um dos aspectos em que optamos por um estranhamento, pois a modificação ou explicação dos nomes situaria o épico em outra atmosfera. Nosso procedimento foi, em relação aos nomes, radical: conservamos, inclusive, a acentuação do finlandês, que ocorre sempre na primeira sílaba da palavra. Em caso de palavras quadrissílabas, produzimos uma acentuação "contra-exdrúxula", marcada pela introdução de um acento, como em Ílmarinen, Káukomieli, Jóukahainen.

Houve um caso em que uma deidade típica do imaginário finlandês teve seu nome transposto em nossa tradução, da seguinte forma:

> Era a garota do ar,
> bela donzela Íuonnotar.

Esse mesmo texto foi traduzido pelo português Orlando Moreira (2006), da seguinte maneira:

> Era uma menina do ar
> Deidade da natureza

Apagamento que ocorre também na tradução de Rebourcet (1991):

> *La vierge vit, fille du ciel,*
> *dame belle de la nature.*

Já na tradução espanhola, Fernandez e Ojanen (1984), optam pela seguinte tradução:

*Una doncella había en el aire,*
*La esplendorosa Luonnotar,*

Nesse caso, é dado à deidade um nome próprio, quando se trata de uma espécie de fada, por isso optamos pela minúscula. Outra distinção entre esta e a nossa tradução é a distribuição acentual. Os tradutores para o espanhol optam por contar as sílabas até a última, nós, por outro lado, contamos a sílaba até a primeira de "lúonnotar", pois nossa tradução, como a de Moreira opta pela redondilha maior, assunto ao qual voltaremos. Antes, porém, deve-se destacar outro aspecto de nosso procedimento estrangeirizador.

Plourde, ainda em relação a Rebourcet, nota que, nessa tradução francesa, há um processo de simplificação vocabular, que corresponde ao que Berman (1999) chama de "homogeneização". Nessa que parece ser uma tradução, ainda segundo a analítica de Berman, etnocêntrica, há, assinala Plourde, "uma neutralização das palavras que poderiam ser marcas da cultura" finlandesa, como *sauna* ou *kantele*. No canto aqui traduzido, nenhuma das duas palavras aparece; mas fomos atentos ao "salmão", ao "trenó", à "turfa", enfim, a todo o vocabulário e imagens que remetem ao contexto geográfico e cultural finlandês.

Em um único momento, fomos levados a um apagamento simbólico importante; impelidos pela lógica paralelística e pela fluência do texto. Trata-se da seguinte estrofe:

Virgem vagou, mãe da água.
Nadou de leste a oeste
nadou do ártico ao sul.

Em finlandês o termo *luote* significa "sortilégio", o que sugere a região norte onde os lapões praticavam o xamanismo. A solução adotada foi o termo "ártico". Desse modo, pelo menos, remetemos nossos leitores a outros ares, a um mundo distante. Diferentemente dos tradutores portugueses, franceses e espanhóis aqui citados, que optaram respectivamente por "Noroeste", "norois" e "el norte".

Há, também, questões retórico-formais envolvidas na tradução do poema. Como se pode notar, todas as traduções aqui mencionadas, inclusive a nossa, optam pela elaboração de um poema isométrico, como ocorre no texto finlandês, escrito em octossílabos.

Em português, até o romantismo, o verso considerado octossílabo era a redondilha maior, pois se usava o sistema de contagem métrico do espanhol; sistema considerado o mais pertinente para a língua portuguesa por intelectuais como Said Ali. Outro motivo para se escolher a redondilha maior é o fato de que se trata do metro mais comum da língua portuguesa, frequente em nossos épicos populares publicados em cordel. Essa é, pois, a nossa escolha métrica[2].

Outra importante questão que se coloca é a estrutura paralelística do poema; elemento que trouxemos para o texto brasileiro, como se pode notar na estrofe que abre o poema:

2. Para um aprofundamento da questão cf. Faleiros (2006).

Minha mente almejando,
meu cérebro concebendo
começar logo a cantar,
e sair a recitar
puxar versos deste povo,
cantar versos ancestrais,
palavras na boca solvem
e falares desfalecem
na minha língua se aninham
entre os dentes se esfacelam.

Em cada dístico, o primeiro verso apresenta uma ideia que é reelaborada no seguinte com semelhante estrutura sintática; lógica que se repete, salvo exceções, ao longo de todo o poema. Essa marca da oralidade consideramos, em nosso projeto tradutório, como central, pois estrutura o texto; as ideias são justapostas e não subordinadas. Contrariamente, no texto de Rebourcet (1991) predomina a subordinação.

*Le désir têtu me démange,*
*l'envie me trotte la cervelle*
*d'aller entonner la chanson,*
bouche parée *pour le chant mage*
égrenant *le dit de ma gent,*
*la rune enchantée de ma race.*
*Les mots me fondent dans la bouche,*
grains de gorge, pluie de paroles,
*ils se ruent, torrent sur ma langue,*
*ils s'embruinent contre mes dents.*

Na tradução espanhola, a estrutura paralelística é mais frequente, mas ainda assim, no final da estrofe, Fernandez e Ojanen (1984) sucumbem à tentação da subordinação, como se pode notar:

*Me está rondando un deseo,*
*la idea me viene a la mente*
*de comenzar a recitar,*
*declamar términos sagrados,*
*entonar canciones de la raza;*
*palabras fúndense en mi boca,*
*palabras* que cayendo lentas,
precisas llegan a mi lengua,
*entre los dientes se disipan.*

Bem mais atento à estrutura paralelística dos dísticos é o tradutor português Orlando Moreira (2006), como se pode notar:

Nasce-me na mente a ideia,
Surge em mim este desejo
De começar a cantar,
De iniciar a declamar
Uns versos do nosso povo,
Uns cantos da nossa gente.
Na boca fundem-se os ditos
E precipitam-se as frases;
Da língua fogem os tons
E contra os dentes se afoitam.

A primeira questão que se coloca aqui é de ordem semântica, pois no último dístico Moreira afirma que "da língua fogem os tons". Ao confrontarmos sua tradução com a espanhola, em que se lê que as palavras "chegam precisas à língua"; e à francesa, em que as palavras se "precipitam, numa torrente sobre a língua", nota-se o contra-senso produzido pelo tradutor. As palavras não fogem da língua, pelo contrário, vão à língua: chegam, se precipitam [*se ruent*], se aninham.

O último aspecto retórico-formal que queremos destacar é a importância da aliteração no poema. Em todo o épico finlandês, há uma repetição sistemática de sons em cada verso, às vezes no dístico. Na primeira estrofe da tradução francesa, por exemplo, os versos mais aliterativos são "Le désir têtu me démange" e "grains de gorge, pluie de paroles". No primeiro, a repetição da consoante "d" no início de duas palavras é reforçada pelo duplo "t" de "têtu". Na tradução espanhola, "rondando un deseo" e "entre los dientes se disipan" são versos mais aliterativos. Por sua vez, a tradução portuguesa, na referida estrofe, é mais aliterativa nos três primeiros versos; no potente jogo de oclusivas de "na boca fundem-se os ditos"; e algo no último, devido ao sonoro "contra os dentes".

Em nossa tradução, utilizamos muitas vezes, mais do que a aliteração, a paronomásia, entendida aqui, no sentido dado por Aquien (1993), como a aproximação de "palavras possuindo sonoridades análogas e sentidos diferentes" [tradução minha]. Esse procedimento permite potencializar a rede de associação sonora, pois envolve consoantes e vogais na dinâmica melódica do verso. Esse recurso é pertinente com a estrutura da língua portuguesa, essencialmente vocálica. O resultado de tal procedimento pode ser dimensionado em versos como "meu cérebro concebendo", "e falares desfalecem", "na minha língua se aninham".

Enfim, essas breves considerações sobre nosso projeto tradutório visam a explicitar, para o leitor, os elementos norteadores de nossas escolhas. É claro que, nem sempre, obtivemos plenamente o resultado esperado, mas procuramos, de todo modo, construir uma rítmica fluida dentro da métrica escolhida, evitando acréscimos e omissões (sobretudo de adjetivos e de substantivos). As inevitáveis e atávicas liberdades e deformações não nos parecem comprometer a unidade desta primeira brotação do *Kalevala* brasileiro que, acreditamos, se sustenta como obra.

## *Referências Bibliográficas*


AQUIEN, Michèle. *Dictionnaire de Poétique*. Paris, Livre de Poche, 1993.

BERMAN, Antoine. *La Traduction et la Lettre*. Paris, Seuil, 1999.

DESLISLE, Jean & WOODSWORTH, Judith. *Os Tradutores na História*. Trad. Sérgio Bath. São Paulo, Ática, 1998.

HUMBOLDT, Willhelm von. "Introdução a *Agamêmnon*". Trad. Susana Kampff Lages. In: HEIDERMANN, Werner (org.). *Clássicos da Teoria da Tradução: Antologia Bilíngue Alemão-Português*. Florianópolis, UFSC, 2001.

LARANJEIRA, Mário. *Poética da Tradução*. São Paulo, Edusp, 1993.

______. *Poetas Franceses da Renascença*. São Paulo, Martins Fontes, 2004.

LÖNNROT, Elias. *El Kalevala*. Trad. Joaquín Fernandez e Ursula Ojanen. Madrid, Editora Nacional, 1984.

______. *A Kalevala em Português*. Trad. Orlando Moreira. Endereço eletrônico: http://batatas4people.com/kalevala-pt/?p=13, 2006. Acessado em 21.6.2007.

PLOURDE, Eric. “Le Kalevala par la Traduction”. *Cadernos de Tradução, 11/1*. Florianópolis, UFSC, 2003, pp. 151-178.
REBOURCET, Gabriel. *Le Kalevala: Épopée de Finnois par Elias Lönnrot*. Paris, Gallimard, 1991.

# Glossário

ÁRTICO – No texto original, o poeta utilizou a palavra *luote* (sortilégio), para designar o norte, talvez pela associação entre a feitiçaria e a Lapônia, região do extremo norte da Finlândia. Pentikäinen (1989), em sua análise das versões orais do terceiro poema do Kalevala aponta o feiticeiro lapão como a personificação por excelência, no contexto finlandês e careliano, de qualquer bruxo de outra comunidade e/ou outra cultura, a que se atribui o poder de causar doenças e infortúnio.

COALHADA – A palavra em finlandês, *piimä*, designa uma variedade de laticínios produzidos pela fermentação do leite com algum tipo de ácido.

ILMARINEN – Ferreiro que forja o Sampo para casar-se com a filha de Louhi.

ILMATAR – A donzela do ar, o nome em finlandês é formado por *ilma* (ar, céu no sentido de atmosfera) + *tar* (partícula que indica um personagem feminino). Lönnrot torna-a mãe de Väinämöinen e criadora do mundo. *Luonnotar* (*luonto*, natureza + *tar*, já mencionada acima) é um epíteto que indica que ela é uma fada *(haltija)*, ou espírito da natureza.

JOUKAHAINEN – O jovem xamã que é o adversário de Väinämöinen e por ele derrotado em um duelo de sabedoria e poder xamânico no terceiro poema do Kalevala. A forma pela qual ele é derrotado, enterrado em um pântano pelo poder das palavras mágicas de Väinämöinen, aparece também no texto de sortilégios contra a feitiçaria, que fazem parte do acervo da tradição oral finlandesa.

KALEVALA – O título do épico remete a um personagem da tradição oral, o gigante Kaleva.

KIMMO – Antigo nome de bezerro.

LEITO DE PESCA – Em finlandês, *kalahauta* designa uma área de águas mais profundas com pesca abundante, seja em um rio, um lago, ou no mar. O termo equivalente, "leito de salmão", *lohipaikka*, designa um local para pesca específica do salmão.

LEMMINKÄINEN – Belo, jovem e galanteador, Lemminkäinen, ou "Kaukomieli", é um dos heróis do Kalevala, famoso por suas aventuras eróticas. Durante sua jornada épica a Pohjola, a Terra do Norte, caça com sucesso o alce de Hiisi, doma o potro de Hiisi. Após flechar o cisne do rio da morte é assassinado e lançado no reino dos mortos, *Tuonela*. Morto e dilacerado, é ressuscitado por sua mãe, às margens do rio.

LOUHI – Senhora de Pohjola, anciã que governa as Terras do Norte, poderosa feiticeira e antagonista de Väinämöinen no ciclo do Sampo.

MAGRIÇA – Em finlandês, *kanerva* (*Calluna vulgaris*).

MUURIKKI – Antigo nome de vaca.

PATO – *Sotka* (*Fuligula Clangula*), em finlandês, refere-se uma espécie de pato selvagem, comum nas florestas.

SAMPO – Item mágico forjado pelo ferreiro Ilmarinen para casar-se com a filha de Louhi, tem o poder de trazer a abundância a seu portador. No sétimo poema, Louhi pede a Väinämöinen que lhe forje um Sampo, com uma pluma de cisne, com leite de vaca, com um grão de cevada, com um fio de lã de ovelha.

TRENÓ – *Kelkka*, em finlandês, designa um trenó puxado por cavalo, enquanto *rekonen*, que traduzimos por trenózinho, devido a uma limitação de vocabulário da língua portuguesa, designa um trenó de menor porte, arrastado por uma pessoa a pé.

UKKO – Na tradição oral, um deus do trovão, foi promovido no *Kalevala*, por Lönnrot, a grande deus celeste, seu epíteto *ylijumala* (deus supremo).

VIPUNEN – Personagem do décimo sétimo poema do *Kalevala*, Antero Vipunen é um gigante adormecido sob a terra, famoso por seu saber mágico, que Väinämöinen busca para obter os encantamentos necessários para terminar a construção de seu barco.

VÄINÄMÖINEN – Protagonista de vários poemas épicos na tradição oral e da obra de Lönnrot, o velho Väinämöinen é o protótipo do poeta oral, do sábio e do xamã, como deixa transparecer um de seus epítetos, *ikirunoja*, que traduzimos por poeta primevo.

# Sobre os Tradutores

JOSÉ BIZERRIL é antropólogo e professor do curso de psicologia do UNICEUB, possui artigos publicados sobre o *Kalevala*, temática de seu mestrado, mas também sobre narrativa, experiência religiosa, técnicas corporais, saúde mental, sempre em perspectiva interdisciplinar. Coordena o grupo de pesquisa interdisciplinar Diálogo. Escreveu canções para dois grupos musicais: Os Animais dos Espelhos (1990-2000) e para o projeto acústico Trigrama (1997-...). Publicou o livro *O Retorno à Raiz* (Attar Editorial, 2007).

ÁLVARO FALEIROS é professor de literatura francesa da USP e tem publicado artigos sobre tradução poética em revistas na França, no Canadá e no Brasil. Como tradutor publicou, entre outros, *Latitudes: 9 Poetas do Québec* (Noroît/Nankin, 2003); *O Bestiário*, de Guillaume Apollinaire (Iluminuras, 1995); *Descabelados*, de Yosano Akiko (Editora UnB, 2007), com Donatela Natili, e *Caligramas*, de Guillaume Apollinaire (Ateliê Editorial/Editora UnB, 2008). Publicou seis livros de poemas, dentre os quais, *Coágulos* (Iluminuras, 1995), *Amapeando* (Nankin, 1997) e *Meio Mundo* (Ateliê Editorial, 2007). Escreve também canções, algumas gravadas em seu CD *Água Minha* (2003).

| | |
|---|---|
| *Título* | *Kalevala: Poema Primeiro* |
| *Autor* | Elias Lönnrot |
| *Editor* | Plinio Martins Filho |
| *Tradução* | José Bizerril<br>Álvaro Faleiros |
| *Produção editorial* | Aline Sato |
| *Capa* | Tomás Martins |
| *Projeto gráfico e editoração eletrônica* | Aline Sato |
| *Formato* | 14 x 21 cm |
| *Tipologia* | Minion Pro |
| *Papel* | Chambril Avena 80 g/m$^2$ (miolo)<br>Reciclato 240 g/m$^2$ (capa) |
| *Número de páginas* | 96 |
| *Impressão e acabamento* | Graphium |